Roméo
et
Romy

D1258388

France Lorrain

Illustrations, conception graphique et mise en pages : Marie Blanchard
Révision : Anik Tia Tiong Fat
Correction d'épreuves : François Morin

Imprimé au Canada

ISBN 978-2-89642-206-7

Dépôt légal — Bibliothèque et Archives nationales du Québec, 2009
© 2009 Éditions Caractère

Gouvernement du Québec — Programme de crédit d'impôt pour l'édition de livres — Gestion SODEC

Nous reconnaissons l'aide financière du gouvernement du Canada par l'entremise du Programme d'aide au développement de l'industrie de l'édition (PADIÉ) pour nos activités d'édition.

Visitez le site des Éditions Caractère
editionscaractere.com

Range ta chambre

Tous les jours, Roméo entend sa mère, Martine, lui répéter :

— Range ta chambre, Roméo ! Fais ton lit, mon chéri ! Ramasse tes jouets !

Mais il n'a pas le temps. Ce n'est pas de sa faute.

Il est *toujours* occupé. Alors, il lui répond :

— Oui, maman, dans une minute ! Après ma partie, maman ! J'arrive bientôt, maman !

Puis, il oublie…

Mais ce n'est pas de sa faute. Roméo n'a pas le temps !

Ensuite, c'est au tour de son père, Bruno, de lui faire remarquer :

— Roméo, ton sac traîne dans le salon. En plus, c'est lundi ! N'oublie pas que tu dois sortir la poubelle, mon garçon !

Roméo est *toujours* occupé. Alors il lui répond :

— Oui, papa, je le ferai après mon émission. Je ne veux pas rater la fin !

Puis, il oublie…

Mais ce n'est pas de sa faute. Roméo est bien *trop* occupé !

Aujourd'hui, c'est samedi.

Quand Roméo ouvre les yeux, il n'y a pas un son dans la maison. Étrange…

Surpris, Roméo appelle :

— MAMAN ? PAPA ?

Il sort de sa chambre en criant :

— MAMAN ? Hou ! hou ! Où es-tu ?

Le samedi, il y a *toujours* plein de bruit. Papa jardine et maman cuisine… ou… c'est papa qui cuisine et maman qui jardine.

Aujourd'hui, rien ! Pas un bruit et pas de bonnes odeurs de crêpes au jambon !

Mais où sont-ils ?

— MAMAN ? Est-ce que le déjeuner est prêt ? Je meurs de faim ! s'exclame Roméo en passant devant la chambre de ses parents qui est fermée.

Aucune réponse. Pas un bruit !

Que peut-il bien se passer ?

Roméo commence à s'inquiéter. Ils sont sortis ? Ils l'ont oublié ? Ils ont été kidnappés ?

— PAAAAPAAAA ! MAAAAMAAAAN !

Roméo ouvre brusquement la porte de la chambre de ses parents.

— Ah ! vous êtes là ! Ouf ! dit-il soulagé. Pourquoi n'êtes-vous pas encore levés ? J'ai faim, moi !

On va au parc tout à l'heure ? Le soleil brille dehors !

Roméo distingue deux silhouettes enfouies sous les couvertures.

Il saute sur le lit.

Il est neuf heures quinze. Pas question de rester au lit !

— Allez, maman, debout !

Pour toute réponse, il entend un drôle de grognement.

— Allez, papa, tu te lèves ?

Mais là, c'est un ronflement.

— ALLEZ ! DEBOUT ! Maman, fais-moi des crêpes s'il te plaît ! Maman ? Réponds-moi, maman !

Mais personne ne répond.

En vain, Roméo s'assoit par terre. C'est en levant la tête qu'il voit une pancarte près du bureau.

**Parents en grève
pendant deux jours.**

**Sur la table de la cuisine,
il y a la liste des tâches à faire.**

**Bonne fin de semaine,
Roméo !**

Quoi? En grève? Vous faites la grève! Puisque c'est comme ça, je mangerai du chocolat! À moi la belle vie!

Sur la table de la cuisine, Roméo trouve deux lettres.

Dans la première, il peut lire :

Roméo,

Je ne veux plus chercher tes chaussettes et tes pantalons sous ton lit.

Je ne veux plus que tu manges dans le salon.

Je ne viderai plus les restes de tes boîtes à lunch.

Aujourd'hui, tu dois :

1° ramasser tous tes vêtements et les mettre dans le panier à linge;

2° passer l'aspirateur dans le salon et nettoyer toutes les miettes que tu y as laissées;

3° vider toi-même les restes de nourriture de ta boîte à lunch!

C'est tout ce que je te demande.

Merci de ta collaboration.

N'oublie pas que je t'aime.

Maman

Roméo secoue la tête. Mais alors, à quoi peut bien servir une maman?

Avant de continuer, il sort le pot de crème glacée du congélateur.

Autant en profiter !

Dans la deuxième lettre, papa a écrit :

Roméo,

Grisou aime que sa litière soit propre. TOUJOURS PROPRE !

Je ne veux plus arriver en retard au bureau parce que tu oublies quelque chose.

Lors des repas, je ne veux plus entendre : « BEURK ! ce n'est pas bon », avant même d'avoir pris ta première bouchée !

Dorénavant, tu dois :

1° changer régulièrement la litière de ton chat d'amour ;

2° t'organiser pour partir à l'heure le matin ;

3° manger sans rouspéter !

Pour le souper de dimanche, à toi de le préparer !

N'oublie pas que je t'aime.

Papa

P.-S. :

1. Nous sommes dans notre chambre. Tu ne dois surtout pas nous déranger, sauf en cas d'urgence. Une vraie urgence seulement !

2. Tu dois rester à la maison.

Pendant un moment, Roméo reste bouche bée !

— Eh bien, ça alors !

Puis il réalise qu'il est libre de faire *tout ce qu'il veut* !

— YOUPI ! crie-t-il en sautant de joie et en faisant tomber sa boule de crème glacée sur le plancher.

Mais Roméo n'y prend même pas garde.

— Je la ramasserai plus tard! se dit-il.

Roméo se prélasse sur le sofa du salon.

— Je vais pouvoir regarder la télé *toute* la journée! *Fantastique*!

Trois heures plus tard, il n'a toujours pas bougé.

Enfin, presque!

La tête en bas et les pieds en l'air, il a renversé un verre de jus de raisin sur le tapis.

— Je le ramasserai plus tard! se répète-t-il.

Driiiiiiiiiiiiiing! Le téléphone sonne.

— Allô?

C'est Romy! Elle l'invite chez elle.

— Oh, non! Pas question! Tu n'as qu'à venir, toi! Tu n'en croiras pas tes yeux!

Cinq minutes plus tard, Romy fait les yeux ronds derrière ses lunettes.

— Ouâ! Ta mère te laisse manger de la réglisse avant le dîner?

Roméo hoche la tête en souriant.

— Je peux faire tout ce que je veux! déclare-t-il.

— Vraiment?

— Oui! Mes parents sont en grève!

— En grève? En grève de quoi?

Roméo réfléchit.

— Heu… en grève de moi, je crois! Viens, suis-moi! Tu vois, c'est le paradis! dit Roméo. Mes parents ne bougent plus de leur chambre.

Tout l'après-midi, les deux amis se goinfrent de bonbons, de croustilles, de chocolat, et cetera!

Et des miettes, il y en a partout !

Vers quatre heures, Romy se tourne vers Roméo.

— J'ai mal au ventre.

— Prends une boisson gazeuse, ça va passer, lui recommande Roméo.

Mais le ventre de Romy, trop plein, gargouille et gronde. Et ça ne va pas mieux !

Tout à coup, Romy court jusqu'à la salle de bain.

Surpris, Roméo la suit.

— Heu… Romy, est-ce que ça va ?

À travers la porte, il écoute les lamentations de son amie.

Il ne sait pas quoi faire.

Est-ce que c'est une urgence ?
Une vraie urgence ?

Romy sort enfin des toilettes.

— Romy, tu as une drôle de couleur... je dirais gris-vert...

La fillette, pliée en deux, grimace. Elle se tient le ventre.

— Je crois… que… je vais rentrer, Roméo.

— Déjà ? Mais il reste encore des croustilles et du…

— Oh, non ! Beurk ! Je n'en ai vraiment plus envie !

Et Romy retourne rapidement dans la salle de bain.

Quelques minutes plus tard, Roméo referme la porte d'entrée. Il secoue la tête.

Pourtant, Romy avait l'air en forme à son arrivée !

Vers dix-huit heures, Roméo en a assez d'attendre.

— QU'EST-CE QU'ON MANGE ? hurle-t-il dans l'escalier.

Personne ne lui répond.

Roméo fronce les sourcils.

Il prend une boîte de pogos dans le congélateur et en met deux au micro-ondes.

— Bon ! huit minutes, ce sera suffisant, se dit-il en programmant la minuterie.

— Eh ben ça alors !

Dans l'assiette, les pogos sont tout ratatinés.

Roméo les prend avec hésitation.

Il tente tout de même une première bouchée et se brûle la langue !

— Aïe ! C'est brûlant ! MAMAN, j'ai mal à la langue ! crie-t-il en courant dans la chambre de ses parents. C'est grave ! Je me suis brûlé la langue !

Sa mère ouvre les yeux.

— Montre-moi ça, Roméo. Ce n'est rien, tout va bien.

— Bon! Ça y est? Vous avez fini de faire la grève? Vous arrivez bientôt? Il n'y a plus rien à manger. Hou, hou! Je vous parle! s'exclame Roméo.

Sa mère montre du doigt la pancarte *Parents en grève.*

— Ah, zut ! Encore !

Roméo referme la porte.

Tant pis, il va finir toutes les croustilles avant d'aller au lit.

Le dimanche matin à dix heures, Roméo s'étire un moment.

Puis il pense à ses parents.

Ils doivent être debout maintenant.

Le dimanche, ça sent toujours bon les crêpes…

Mais… aujourd'hui, rien !

— Je commence à trouver ça moins drôle, la grève ! pense Roméo.

Sur son lit, assis avec son chat Grisou, il boude.

Comment faire arrêter la grève?

Roméo décide de commencer par ranger sa chambre.

C'est long et ce n'est pas facile de faire le ménage!

À midi, il a enfin terminé, mais il n'a pas encore mangé.

Son regard s'arrête sur les paquets de croustilles.

— Oh, non! Je n'en n'ai pas envie! marmonne-t-il.

Des biscuits au chocolat?

— Oh, non! pas ça! grommelle-t-il.

Il plonge la main dans le paquet de réglisses rouges. Mais il change vite d'avis :

— Ça ne me fait pas vraiment envie, murmure-t-il.

Il se laisse tomber par terre. Il ne veut plus rien faire.

Dans le salon, Grisou a vomi sur le tapis. Juste à côté du verre de jus de raisin de la veille.

Roméo l'avait complètement oublié !

Il est maintenant DÉ-COU-RA-GÉ ! Lui qui voulait se reposer !

Le téléphone sonne. C'est Romy !

— Bonjour, Romy ! Est-ce que tu vas mieux aujourd'hui ?

Elle lui propose d'aller jouer au parc.

— Oh, oui ! Super !

Mais en regardant autour de lui, il voit qu'il y a encore tant à faire !

Raisonnable, il refuse l'invitation de son amie :

— Heu… en fait, pas aujourd'hui. Je suis vraiment trop occupé.

Déçu, Roméo raccroche.

— Oh ! comme il est pénible de faire le ménage !

Mais maintenant, il n'a plus le choix !

Pour se rappeler ce qu'il doit faire, il relit les instructions laissées par ses parents.

— Ah ! là, là ! Je dois trouver ma boîte à lunch. Et surtout ne pas oublier de nettoyer la litière de Grisou. Ah ! le ménage ! Quelle galère !

Tout à coup, une pensée traverse son esprit : « Mais, les parents, eux, ils doivent toujours tout faire ! »

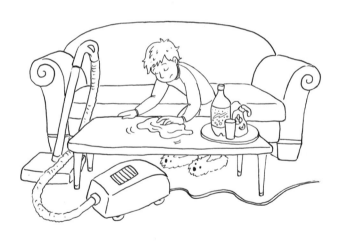

Tout l'après-midi, Roméo s'affaire. Il range, balaie et frotte.

À la fin, il est épuisé, mais le résultat est superbe!

La maison est toute propre! Voilà qui devrait satisfaire ses parents!

Il s'effondre dans le sofa du salon. Ses yeux se ferment de fatigue, lorsque brusquement, il se rappelle :

— Oh! là, là! Je dois aussi préparer le souper!

Roméo fonce dans la cuisine. S'arrête. Réfléchit avant de reprendre sa course. S'arrête à nouveau.

Il ne sait pas par quoi commencer.

Romy! Il appelle Romy. C'est une vraie amie. Elle vient l'aider tout de suite!

Après une heure de travaux culinaires, les amis s'accordent une pause, satisfaits que tout soit enfin fini.

— Ce souper sera PAR-FAIT ! déclare Roméo en souriant.

Il ouvre la porte du four pour y glisser son *drôle* de ragoût !

— À quelle heure penses-tu qu'elle finira, la grève de tes parents ? demande Romy en léchant une cuillère.

— Bientôt ! Enfin, je l'espère… répond Roméo avec hésitation.

Il est déjà l'heure de rentrer pour Romy. Elle se lève et prend congé de son ami.

Roméo attend dans la cuisine. Il regarde les aiguilles de l'horloge. Il commence à trouver le temps long.

Il entend des pas. Enfin, les voilà !

— Alors, fiston, as-tu passé une belle fin de semaine ? demande son père en le chatouillant.

— Bof !

— Alors, mon Roméo, le souper est-il prêt? demande sa mère en l'embrassant.

— Je... heu... je crois. Fermez vos yeux et ouvrez grand vos... narines!

Ses parents jouent le jeu et prennent un air étonné.

— Des chandelles, mon Roméo? Quelle délicate attention!

— Et la plus belle nappe, mon garçon! Tu nous gâtes, dis donc!

— Papa, maman, assoyez-vous et préparez-vous à un festin. Romy et moi, nous vous avons concocté une recette spéciale!

TRALALA!

Satisfait, Roméo dépose son plat sur la table. Ses parents sont ravis.

— Alors, hein? Qu'en dites-vous? demande Roméo très content de lui.

— Je suis très fière de toi, mon grand garçon! dit Martine.

— En plus, dit Roméo en souriant, j'ai fait tout ce que vous m'avez demandé!

— Donc, tu ne t'es pas ennuyé! On peut retourner se coucher, déclare Bruno en souriant.

Roméo l'attrape vivement par la manche.

— AH, NON! PAS QUESTION!

Après le souper, la petite famille passe au salon. La télévision est éteinte. Roméo l'a suffisamment regardée! Comme il est bon de se parler!

— Promettez-moi que vous ne ferez plus jamais la grève! D'accord? C'est fini la grève? supplie Roméo.

— Mmm… Qu'en penses-tu, Martine?

— Mmm… Et toi, Bruno?

— Je crois que oui !

— Dorénavant, nous t'appellerons « monsieur MÉNAGE ! »

Tous éclatent de rire ! Roméo a bien compris le ménage… heu… le message !

FIN !

Roméo aime Romy

Roméo et Romy sont amis.

Ils sont tous les deux en deuxième année, dans la classe de madame Pinson.

Demain, c'est un jour spécial.

Demain, c'est la Saint-Valentin !

Ça tombe bien, parce que Roméo est amoureux de Romy.

Mais chut! Romy ne le sait pas!

Ce matin, dans la cour de l'école, Roméo observe Romy.

Elle joue au ballon.

Tout à coup, elle crie :

— Hourra! J'ai gagné!

Roméo applaudit : « Bravo, Romy! »

Dans la classe, les deux amis sont assis côte à côte.

Romy trace des lettres dans son cahier. Elle tire la langue pour mieux se concentrer! À chaque mouvement de son poignet, dix bracelets multicolores font *clic, clic, clic.*

Tout à coup, elle dit :

— Ça y est! J'ai fini!

Toute fière, elle montre son cahier à Roméo.

Son ami s'en réjouit : « Bravo, Romy ! »

Il décide, lui aussi,   de faire de belles lettres attachées.

Mais il est difficile de bien travailler avec Romy à ses côtés. Alors Roméo garde les yeux rivés sur son cahier. Il veut épater son amie !

À la collation, Roméo chuchote :

— Pst ! Romy !

Romy lui sourit. Hier, elle a perdu une dent.

Roméo lui tend une carotte.

— Non, merci, c'est trop dur ! lui dit Romy.

Roméo lui présente un morceau de chou-fleur :

— Non, merci ! Je n'aime pas ça ! grimace Romy.

Roméo lui offre des raisins verts et rouges.

— Merci, Roméo. Des raisins, c'est parfait! chuchote Romy.

Romy mange un raisin, un bout de fromage; un raisin, un bout de fromage.

Ça fait *couic, couic, couic.*

Roméo la regarde : elle est vraiment jolie, son amie Romy.

Demain, pense-t-il, je vais lui offrir des framboises pour la Saint-Valentin.

— Romy, aimes-tu les framboises?

Romy dit oui de la tête, mais ne parle pas.

Car, au tableau, madame Pinson fait des gros yeux.

Roméo et Romy continuent leur travail.

Deux minutes plus tard, Roméo ajoute :

— Et les fraises ? Aimes-tu les fraises Romy ?

Romy hoche la tête sans prononcer un mot.

Madame Pinson s'est rapprochée. Elle est tout près d'eux maintenant.

— Chut ! les enfants ! Silence !

Enfin, c'est la récréation !

Du regard, Roméo cherche Romy dans la cour de l'école.

— As-tu vu Romy ? demande-t-il à Noémie.

— Dis, as-tu vu Romy ? demande-t-il à Alex.

— Hé ! ho ! avez-vous vu Romy ? demande-t-il à Tom et à Julien.

— Oui, elle joue là-bas avec Olivier.

De son index, Julien montre le fond de la cour. Roméo tourne la tête. Enfin, il voit son amie qui joue au ballon.

— Ah! Merci les garçons! dit-il en courant.

Roméo s'approche de Romy et la tire doucement par la manche. Romy ne le regarde pas. Elle est trop occupée à jouer au ballon.

Roméo est un peu triste. Lui aussi, il voudrait jouer avec elle.

Romy, le sourire aux lèvres, se tourne vers Olivier.

Elle n'a toujours pas remarqué que Roméo est derrière elle. Le cœur serré, Roméo va rejoindre Gustave et Antoine.

De retour en classe, Roméo ne dit
pas un mot.

Romy le regarde par-dessus ses
lunettes.

— Es-tu fâché, Roméo ? chuchote-
t-elle.

— Moi? Non! Pas du tout! répond Roméo.

— Ah! tant mieux! dit Romy en souriant.

Jusqu'au dîner, Roméo travaille sans dire un mot.

Romy est inquiète.

D'habitude, Roméo parle sans arrêt.

— Es-tu fâché, Roméo? demande-t-elle une autre fois.

— Moi? Mais non, pas du tout!

— Ah, bon!

Mais Romy a bien du mal à le croire.

Romy attend quelques secondes, puis elle demande.

— Mais alors, pourquoi ne me parles-tu pas ?

— Chut !… Madame Pinson nous surveille !

— Ah !

D'habitude, Roméo est un vrai moulin à paroles. Il parle et parle sans arrêt, malgré l'interdiction de madame Pinson.

À quinze heures trente, la cloche sonne.

Driiiiiiiiiing, driiiiiiiiiing, driiiiiiiiiing !

La journée est terminée !

Roméo s'approche de Romy.

— Tu m'attends pour partir, Romy ?

— Oui, bien sûr, Roméo.

Romy remplit rapidement son sac : son cahier d'écriture, son livre de lecture, ses feuilles de leçon et son carnet de sons. Une fois le tout ordonné, elle se dirige vers la porte. Et, sans se retourner, elle appelle :

— Roméo ? Tu viens, Roméo ?

Mais Roméo ne répond pas. Alors elle se retourne et constate qu'il n'est plus là !

Il est parti sans l'attendre...

Elle sort en courant dans le corridor. Olivier patiente près de son casier.

— As-tu vu Roméo ? lui demande-t-elle.

— Non.

— Dis, sais-tu où se trouve Roméo ? demande-t-elle à Alice.

— Oui, je l'ai vu partir avec Marguerite.

Romy joue avec une mèche de cheveux. Elle est déçue. Elle sent que son cœur bat vite.

— Ah, bon !

Elle descend l'escalier à toute vitesse. Romy voudrait retrouver Roméo. Elle presse le pas. Olivier court derrière elle.

Devant l'école, Romy fait de grands pas pour éviter les lignes du trottoir. Elle ne parle pas.

— Qu'est-ce que tu as ? Es-tu fatiguée ? demande Olivier.

— Non.

— Fâchée ?

— Non.

— Heu… malade ?

— Non, non. Excuse-moi Olivier, mais je ne peux pas te parler.

— Ah, bon ! Alors, tant pis, je vais accompagner Jérémy.

Romy ne l'a même pas écouté.
Elle pense à Roméo.

D'habitude, ils marchent ensemble
jusqu'au coin du boulevard.
Ensuite, Roméo tourne à droite et
elle à gauche.

C'est la première fois que son ami
ne l'attend pas.

Romy sent que les larmes lui montent aux yeux. Elle se sent triste, mais refuse de pleurer. Tout à coup, elle voit Roméo au bout de la rue.

Roméo n'écoute pas Marguerite parce qu'il pense à son amie Romy. Elle lui manque déjà.

Il se tourne alors vers Marguerite.

— Bon! maintenant il faut que j'y aille. À demain, Marguerite!

— À demain, Roméo!

Roméo part comme un bolide. Vroum! Vroum! Il tourne dans sa rue, monte l'escalier de sa maison et lance son sac d'école dans le salon.

— PAPA, JE SUIS RENTRÉ!

— AS-TU PASSÉ UNE BONNE JOURNÉE?

— Bof!

Dans sa chambre, Roméo pense à Romy. Tout à coup, il a une idée.

Demain, c'est la Saint-Valentin, alors…

— Ce sera moi, son valentin! Je vais lui faire un beau dessin.

Le garçon sort ses crayons à colorier et pense à ce qu'il va dessiner.

Il ne cesse de réfléchir! Avant le souper, pendant le souper, après le souper et même quand il est couché!

Roméo n'a pas d'idées. Un dinosaure? une fusée spatiale? un camion? un monstre?

Il s'endort le sourire aux lèvres : il a enfin trouvé…

Le lendemain matin, Roméo se lève de bonne heure.

Pour l'occasion, il veut se faire beau!

Un peu de gel dans les cheveux, une goutte de parfum de papa, ses plus beaux vêtements et hop!

On dirait qu'il a des fourmis dans le ventre! Ça gigote dans tous les sens!

Lorsqu'il entre dans la classe, Romy est déjà là. Elle porte sa belle robe bleue et des rubans assortis dans ses cheveux. Elle fait semblant de travailler. Roméo s'assoit à ses côtés. Il est gêné, mais décidé. Il se tourne vers son amie.

— Roméo?

— Romy?

Au dépourvu, les deux amis se parlent en même temps.

Romy sourit et dit à Roméo :

— J'ai une surprise pour toi, Roméo !

— J'ai une surprise pour toi, Romy ! lui répond Roméo.

FIN !